LES MONSIEUR MADAME
et le Grand Méchant Loup

Collection

MONSIEUR MADAME PAILLETTES

Monsieur Glouton et le Bonhomme de pain d'épices
Les MONSIEUR MADAME et le Grand Méchant Loup
Madame Timide et la Bonne Fée
Monsieur Peureux et les pirates
Madame Têtue et la licorne
Monsieur Bruit et le géant
Madame Chipie et la sirène
Monsieur Costaud et l'Ogre
Madame Beauté et la Princesse
Monsieur Chatouille et le dragon
Madame Bonheur et la sorcière
Monsieur Malchance et le Chevalier
Madame Canaille et la Bonne Fée
Monsieur Heureux et le magicien
Madame Chance et les lutins
Monsieur Curieux et le haricot magique

Publié pour la première fois par Egmont sous le titre : *The Three Little Miss and the Big Bad Wolf* .
 Traduction : Anne Marchand-Kalicky.

LES MONSIEUR MADAME
et le Grand Méchant Loup

Roger Hargreaves

hachette
JEUNESSE

Il était une fois madame Canaille qui décida de se faire construire une nouvelle maison. Mais comme elle ne savait pas comment la construire, elle demanda à monsieur Étonnant de la construire pour elle.

Et c'est ce qu'il fit.

Il la fabriqua avec de la paille.

Une maison faite de paille ?

N'est-ce pas un peu étonnant ?

Mais ce n'était pas seulement étonnant, c'était surtout très dangereux car à peine madame Canaille s'y fut installée qu'un loup approcha et frappa à sa porte.

– Madame, appela-t-il. Je suis le Grand Méchant Loup. Ouvrez-moi.

– Jamais de la vie ! répondit madame Canaille avec insolence.

– Alors, je soufflerai si fort que votre maison disparaîtra, s'écria le loup.

Et il souffla…

Il faut dire que les grands méchants loups sont très doués pour souffler sur les maisons en paille.

Heureusement, madame Canaille était habituée
à s'enfuir par les fenêtres !

Elle sauta par la fenêtre de derrière et courut à travers
la forêt en direction de la maison de madame Chipie.

Mais madame Chipie avait elle aussi décidé de se faire construire une nouvelle maison.

Elle avait fait appel à monsieur Avare qui, comme tu le sais sûrement, n'aimait pas dépenser son argent. Il avait donc construit la maison de madame Chipie en faisant le plus d'économies possible.

Il l'avait fabriquée avec des branches d'arbre.

Une maison en branches d'arbre ?

N'est-ce pas un peu avare ?

Peu de temps après que madame Chipie était arrivée, le loup, qui l'avait suivie, frappa à la porte.

– Mesdames, c'est le Grand Méchant Loup. Ouvrez-moi.

– Jamais de la vie ! répondirent madame Canaille et madame Chipie.

– Alors, je soufflerai si fort que votre maison disparaîtra, s'écria le loup.

Et il souffla...

Madame Canaille et madame Chipie s'enfuirent par l'arrière de la maison et volèrent la voiture de monsieur Rigolo.

Oui, je sais, c'est vraiment très vilain de leur part !

Elles roulèrent jusque chez madame Farceuse
avec le loup à leurs trousses.

Madame Farceuse avait, elle, engagé un maçon
pour construire sa maison.

Comme tu peux t'en douter, monsieur Brique construisit
une maison en briques pour madame Farceuse.

À peine, madame Canaille et madame Chipie s'étaient-elles précipitées chez madame Farceuse que l'on toqua à la porte.

– C'est sûrement le Grand Méchant Loup ! dit madame Canaille.

– C'est le Grand Méchant Loup ! confirma celui-ci.

– On sait ! répondirent les trois petites dames.

– Ouvrez-moi ! ordonna l'animal.

– Jamais de la vie ! s'écrièrent-elles en chœur.

– Alors, je soufflerai si fort que votre maison disparaîtra, gronda le loup.

Et il souffla…

Il souffla encore, de plus en plus fort.
Mais cette fois, la maison en briques de madame Farceuse ne bougea pas.

Elle était bien trop solide !

– Grrr ! bougonna le loup.

Il eut soudain une idée :

– Mesdames, je connais un charmant verger près de la ferme de monsieur Champ. Pouvons-nous nous y retrouver demain matin vers 7 heures ? Nous cueillerons des pommes pour le petit-déjeuner.

Les trois petites dames acceptèrent.
Elles avaient elles aussi un plan.

Elles n'étaient pas seulement canaille, chipie ou farceuse. Elles étaient aussi très malignes.

Le lendemain, elles se levèrent à 6 heures pour rejoindre le verger avant le loup et lui tendre un piège.

Mais le loup, qui était encore plus malin, était arrivé encore plus tôt !

– Je vous tiens ! s'écria-t-il en surgissant de derrière un pommier.

Au début, les trois petites dames furent très effrayées.

Mais soudain, madame Canaille eut une nouvelle idée. Pour la première fois de leur vie, elles allaient avoir raison d'être canaille, chipie et farceuse !

– Tu es peut-être grand et méchant, lui dit madame Canaille, mais moi, je suis une canaille !

– Et moi, je suis une chipie !

– Et moi, je suis une farceuse !

– Et nous soufflerons si fort que tu disparaîtras, ajoutèrent-elles en chœur.

Et elles soufflèrent et soufflèrent encore… si bien qu'elles envoyèrent le loup loin en bas de la colline.

Le loup roula, sauta et se cogna !
Tu aurais presque pu avoir pitié de lui.

Presque… mais pas tout à fait !

RÉUNIS VITE LA COLLECTION ENTIÈRE

1 MME AUTORITAIRE
2 MME TÊTE-EN-L'AIR
3 MME RANGE-TOUT
4 MME CATASTROPHE
5 MME ACROBATE
6 MME MAGIE
7 MME PROPRETTE
8 MME INDÉCISE

9 MME PETITE
10 MME TOUT-VA-BIEN
11 MME TINTAMARRE
12 MME TIMIDE
13 MME BOUTE-EN-TRAIN
14 MME CANAILLE
15 MME BEAUTÉ
16 MME SAGE

17 MME DOUBLE
18 MME JE-SAIS-TOUT
19 MME CHANCE
20 MME PRUDENTE
21 MME BOULOT
22 MME GÉNIALE
23 MME OUI
24 MME POURQUOI
25 MME COQUETTE

26 MME CONTRAIRE
27 MME TÊTUE
28 MME EN RETARD
29 MME BAVARDE
30 MME FOLLETTE
31 MME BONHEUR
32 MME VEDETTE
33 MME VITE FAIT

34 MME CASSE PIEDS
35 MME DODUE
36 MME RISETTE
37 MME CHIPIE
38 MME FARCEUSE
39 MME MALCHANCE
40 MME TERREUR
41 MME PRINCESSE
42 MME CÂLIN

DES **MONSIEUR MADAME**

Édité par Hachette Livre – 43, quai de grenelle, 75905 Paris Cedex 15
Dépôt légal : juin 2013
Loi n°49-956 du 16 juillet 1949 sur les publications destinées la jeunesse.
Imprimé par IME (Baume-les-Dames), en France.